Westentaschenerzähler

Band 10

Über den Westentaschenerzähler

In die Westentasche gelangen Geschichten, die sich auf der Bühne, in der Schule oder zu Hause bewährt haben. Von hoher Erzählkunst, über Gedichte und Balladen bis zur humoristischen oder sinnhaften Kurzgeschichten: Es muss Groß oder Klein bereits einmal gefallen haben.

Sarina Schröder

Malea und die Geige

Der Erzählverlag

Die Deutsche Nationalbibliothek verzeichnet diese Publikation in der Deutschen Nationalbibliografie; detaillierte bibliografische Daten sind im Internet über http://dnb.d-nb.de abrufbar.

Umschlagbild: Semisatch, dreamstime.com
Grafiken: Naddiya, dreamstime.com
Umschlaggestaltung und Satz: Peter Amsler, Berlin
Druck: Books on Demand, Norderstedt

ISBN: 978-3-947831-44-9 Print
ISBN: 978-3-947831-46-3 eBook

www.erzaehlverlag.de

Inhalt

Der König und die Musik 7

Die Reise ins Licht 13

Bennis Reichtum 17

Das Wunderkind 23

Laras Vollkommenheit 27

Marlenes größter Wunsch 31

Philippe und Viktoria 35

Komm Pedro! 41

Malea und die Geige 47

Über Sarina Schröder 54

Der König und die Musik

Es lebten einmal König und Königin. Die Königin hatte eine engelsgleiche Stimme. Sie stand auf großen Bühnen und wenn sie sang, ging die Sonne auf. Doch sie war schwer krank. Sie würde es nicht mehr lange schaffen und so verstarb sie bei Sonnenuntergang eines Herbsttages.

Der König fiel in ein tiefes Loch. Er weinte bitterlich, er war wütend: »Wieso meine Frau?«, rief er hinaus. »Wieso nehmt ihr mir sie?« – Und so verbot er jedem im Lande, auch nur eine Note zu singen oder zu spielen. Wer dies täte, würde eingesperrt. Der König war nun gar nicht mehr freundlich.

Im ganzen Lande herrschte Schweigen, trauriges Schweigen. Die Musiker fühlten sich, als hätte man ihnen ein Stück Seele entrissen. Nun klaffte ein

tiefes Loch in jedem. Die Züchtigungen waren schlimm. Selbst singende Kinder wurden bestraft. Die Magd, die beim Aufhängen der Wäsche summte, und der alte Mann, der eine Saite seines Cellos zupfte: Alle bekamen sie die Strafe des Königs zu spüren. Selbst die Vögel verstummten. Der Kuckuck, der den Frühling ankündigte, ließ sein Gefieder hängen. Wenn die Sonne aufging, vermisste man das Krähen des Hahnes.

Der König war am Boden. Was sollte er ohne seine Königin tun? Manchmal schaute er in ihren Salon. Alles musste dort bleiben, wie es war! Dort stand der weiße Flügel und ein altes Notenpult, im Regal lagen Platten und Partituren. Er würde alles dafür tun, ihre Stimme noch einmal hören zu können. »Eleonore«, sagte der König. »Eleonore, was soll ich tun? Was soll ich tun?«

»Mein Liebster!«, hörte er mit einem Male ihre zarte Stimme. Er drehte sich um, doch er sah sie nicht. Aber da war Königin Eleonore! Das wusste er. Sie war hier. »Was du tust, ist nicht recht! Du darfst und du kannst die Musik nicht verbieten. Die Musik ist, was uns verbindet und zusammenhält. Jeden Menschen von uns«. Abermals hört er ihre Stimme. »So, und nun lass sie singen! Bring meine Kompositionen in die Welt und du wirst mich wieder hören. Vertraue mir.« Der König zitterte. Er sah es ein.

»Ich werde es tun!«, sagte er und ging hinaus. Das Land lag wie versteinert da. So traurig. So still. Da verstand er, was er getan hatte. Er rief sein Volk zusammen und bat es, Musik zu machen. Doch nichts geschah. Es blieb stumm. »Wollt ihr nicht spielen und singen?«, fragte der König.

Ein mutiger Bauer ging einen Schritt vor und hob an: »Herr König, ihr habt uns unsere Kinder genommen, die einfach singen wollten. So wie jeder singen möchte. Ihre Frau Königin war eine große Sängerin. Sie hätte nie gewollt, dass die Musik in ihrem eigenen Lande verstummte. Sie hätte es nicht gewollt!«

Und da erzählte der König von der Stimme, die er gehört hatte. Schließlich bat er sein Volk um Entschuldigung. Allen Mut nahm er zusammen und stimmte ein Lied an, nicht irgendein Lied, nein!, ein Lied der Königin war es. Nach kurzer Zeit setzten die Kinder ein, dann die Alten und endlich ein Pianist, eine Geige und ein Cello. Selbst der alte grimmige Akkordeonspieler haute in die Tasten. Da lachten sie.

Das ganze Land sang und die Sonne ging auf. Der König verteilte die Partituren der Königin und von da an hörte er seine geliebte Frau in jedem Kind und er wusste, es war richtig so. Genau das hatte sie gewollt.

Die Reise ins Licht

Man erzählte sich im Dorf von einer Reise ins Licht. Eine Reise, von der niemand zurückkehrte. Vielleicht weil es dort so schön war?

Mariele lebte in diesem kleinen Dorf. Vater und Mutter hatte sie verloren. Alles war trist und grau. Noch nie hatte sie jemand lachen sehen oder erzählen hören. In ihrem Dorf tuschelte man. Mariele hielt es nicht mehr aus und so entschied sie sich für die Reise ins Licht.

Sie hatte keine Angst. Sie wollte nur weg. Sie wollte einmal die Sonne sehen. Einmal ihre Nasenspitze in die Sonne halten. Einmal nicht nur von Kälte umgeben sein – und die Wärme spüren, die mit dem Tod der Eltern aus ihr gewichen war.

Man erzählte sich weiter, die Reise ins Licht würde durch die Wüste, rei-
14 ßende Flüsse und brennende Wälder
gehen. Am Ende musste man hoch auf den höchsten Berg. Aber Mariele war mutig. Sie würde alles dafür tun, um glücklich zu werden.

So machte sie sich auf die lange Reise durch die Wüste. Sie bekam schrecklichen Durst. Es war heiß. Ihr Kopf glühte. Bald verließ sie alle Kraft, doch sie ging weiter. Sie kam an den reißenden Fluss und wusste wohl, dass man vorsichtig sein sollte, doch sie war so durstig! Und so ging sie hinunter und trank.

Die Strömung war stark und riss Mariele mit. Sie versuchte noch, aufzutauchen oder zu schwimmen. Doch schon füllten sich ihre Lungen mit Wasser. Plötzlich umfing sie eine Ruhe. Als Mariele die Augen öffnete, befand sie sich auf einer Klippe. Um sie herum war ein brennender Wald. Was war passiert? Das Mädchen stand auf, nahm allen Mut zusammen und rannte hindurch. Sie rannte und rannte, doch sie spürte – nichts. Es war, als flöge sie durch den brennenden Wald. Kein Schmerz.

Dann der höchste Berg. Ohne Mühe kletterte sie hinauf. Sie war nicht einmal außer Atem. Ganz oben, ja, dort schien die Sonne! Mariele streckte ihre Nasenspitze der Sonne entgegen und tatsächlich spürte sie die Wärme. Und da legte ihr jemand die Hand auf die Schulter.

Sie drehte sich um. Mutter! Da lachte das Mädchen. Es lachte laut und fiel der Mutter in die Arme. Jetzt war sie glücklich und ja, sie wollte nicht mehr zurück. Sie reiste ins Licht.

Bennis Reichtum

Benni hatte nie ein Dach überm Kopf. Er hatte nie Eltern, die für ihn sorgten. Seit seiner Kindheit musste er betteln.

Benni weinte abends oft, wenn er sich einen Schlafplatz suchen musste. Tagsüber hatte man ihn bespuckt, ihn ausgelacht und ihm weh getan. Ältere Damen liefen an ihm vorbei und schüttelten den Kopf. So ging es tagein, tagaus. Bis zu jenem Abend.

Es war frisch und der kleine Junge fand keinen Ort zum Schlafen. So fragte er nach langem Suchen einen alten Mann mit einer Zither, ob er sich bei ihm niederlassen durfte. Der alte, ungepflegte Mann nickte und hielt Benni eine Decke hin. Ein Gefühl von Dankbarkeit machte sich in ihm breit. Ein Gefühl, das er bisher nicht kannte. Rasch schlief er ein. Der Zitherspieler

schien auch zu schlafen.

Mitten in der Nacht schreckte Benni auf. Er sah sich panisch um und zitterte am ganzen Körper. Nur ein Alptraum, sagte er sich immer wieder. Dann liefen ihm die Tränen. Sein ganzes Leben war ein Alptraum.

Der alte Mann drehte sich um und legte dem Jungen eine Hand auf die Schulter. Jetzt schluchzte Benni. Der Alte drückte Bennis Hand, ließ sie schließlich los und kramte seine Zither hervor. Er forderte Benni auf, sich hinzulegen und seine Augen zu schließen. Benni gehorchte und legte sich zurück auf die Decke. Der alte Mann spielte und spielte. Es war wunderschön. Jeder Ton gab Benni ein Stück Hoffnung. Und bald war der Junge eingeschlafen.

Erst als die Sonne aufging, wachte Benni auf. Gerade wollte er sich bedanken, da fiel ihm auf, dass er alleine war. Der Alte war verschwunden. All seine Sachen waren weg, bis auf die Decke und ja, da lag auch die Zither. Benni blickte sich um. Doch weit und breit keine Menschenseele. Hatte der Mann die Zither vergessen?

Vorsichtig packte er das Instrument aus und zupfte ein paar Saiten. Und dann verstaute er es wieder behutsam. Er nahm sich vor, nach dem Altem zu suchen. Doch er hatte Hunger und kein Geld. So machte er sich auf in die Einkaufsstraße.

Nachdem er vier Stunden in der Kälte gesessen hatte, ging er mit 45 Cent in eine Bäckerei. Die Verkäuferin sah ihn angeekelt an, doch gab sie ihm für sein Geld ein Milchbrötchen. Er nahm das Brötchen und suchte sich einen ruhigen Platz. Dort packte er die Zither aus und spielte. Jeden Tag wurde er besser, mutiger, kraftvoller, melancholischer.

So ging es eine Zeit. Und eines Morgens hatte er eine Idee. Vielleicht sollte er in der Einkaufsstraße spielen? Dann würde ihn der alte Mann wohl finden. Er würde seine Zither wiedererkennen. Und so begann Benni, dort zu spielen. Und tatsächlich: Die Leute blieben stehen und klatschten und füllten seinen Hut mit Scheinen.

Als Benni abends gerade zusammen packen wollte, sah er jemanden auf ihn zuhumpeln. Es war der alte Mann.

Der Alte hatte wohl seine Zither gehört und wollte sie wiederhaben. Der Gedanke machte Benni traurig. Doch das behielt er für sich. Anders als erwartet nickte der alte Mann. Er lächelte. »Sie war für dich, schon die ganze Zeit.«, sagte er. »Pass gut auf sie auf!« Dann drückte er Bennis Schulter, drehte sich um und verschwand im Getümmel.

Noch nie war ein armer Mensch so reich wie Benni. Reich an Hoffnung, Dankbarkeit und Musik. Sie findet man nicht nur auf großer Bühne.

Das Wunderkind

Sophie war eine erfolgreiche Konzertpianistin. Jeden Tag verbrachte sie sechs Stunden mit Üben, wenn nicht mehr.

Vor ein paar Jahren nannte man sie ein »Wunderkind«. Jetzt war sie erwachsen. Ihr ganzes Leben lang hatte sie nichts anderes gemacht, als Musik gespielt. Man konnte nicht sagen, dass sie die Musik satt hatte. Nein, aber sie fing an, die Musik nurmehr als Arbeit zu sehen. Sie musste »abliefern«. Man hatte Erwartungen an sie. Sie spielte kaum nur für sich.

Sophie spielte perfekt und doch immer öfter ohne Herz. Obwohl genau das ihre Stärke war. Sie spielte um ihr Leben, aber zeigte nie ihr Innerstes.

Mit vier Jahren hatte man Sophies Talent entdeckt. Sie setzte sich an den

Flügel und spielte eigene Melodien. Sie spielte, wie es noch nie jemand am Klavier von einem Kind gehört hatte: voller Liebe, Herz und Leidenschaft.

Sie stand früh auf und ging abends spät ins Bett. Sie spielte und spielte. Nichts konnte sie davon abhalten. Es folgten Wettbewerbe und sie gewann sie alle: Chopin, Bach oder Mozart. Sophie spielte sanft und melodisch. Ja, ein Wunderkind war sie. Doch dies hörte sie nicht gern. Denn sie steckte genauso viel Arbeit hinein, wie es auch alle anderen hätten tun konnten.

Jetzt war sie bald zwanzig. Sie stand vor einer großen Konzertreise. Und das erste Mal in ihrem Leben fühlte sie sich einsam. Sie war nicht allein, aber einsam. Sophie fehlte die Kraft.

Dann kam der Abend ihres Abschlusskonzertes. Sie spielte perfekt – zu perfekt, als dass ihr jemand dies abgekauft hätte. Und als die letzte Note erklang, brach Sophie in Tränen aus. Sie sackte zusammen. Ein Schwall von Gefühlen überwallte sie.

Das Publikum war still. Sophie hob den Kopf. Sie schämte sich. »Es tut mir leid«, sagte sie. Doch die Zuschauer applaudierten. Und Pfiffen. »Wir wollen dich hören. Niemand sonst! Lass dir deine Musik nicht von der Perfektion nehmen. Du bist so viel mehr!«, riefen sie alle. Und es war, als fiel Sophie ein Stein vom Herzen. Sie lachte und weinte zugleich. Dann setzte sie sich erneut an den Flügel und spielte ihr Lieblingsstück. Es war, als hätte man ihr eine Last genommen. Mit donnerndem Applaus ging sie von der Bühne. Das Konzert war vorbei.

In den nächsten Wochen hörte man nichts von Sophie. Sie schloss sich in ihrem Appartement ein und ließ niemanden herein. Die Kritiker wurden hellhörig. Es gab Gerüchte über Gerüchte. Doch nur wir wissen die Wahrheit.

Die einen glaubten, sie wäre verliebt, die anderen glaubten, sie wäre beschämt wegen des Abschlusskonzerts. Wiederum andere dachten, sie wäre nun reich genug, um keine weiteren Konzerte geben zu müssen. Diese Leute verstanden nicht.

Sophie schrieb ihr erstes Klavierkonzert. Tag und Nacht. Nur für sich in ihrer eigenen Welt, nur die Musik und sie. Voller Herz, Liebe und Leidenschaft.

Laras Vollkommenheit

Laras Eltern waren Sänger in der Staatsoper. Es war für sie selbstverständlich, dass auch ihre Tochter klassischen Gesang erlernte. Lara erhielt die besten Lehrer. Und sie lernte schnell, sang mit acht Jahren erste Arien und bekam die ersten Gastauftritte in der Oper.

Doch Lara war nicht erfüllt von der klassischen Musik. Das merkte das Mädchen, als es einmal in einem Café ein Stück hörte. Es war anders, rhythmischer, lockerer, freier und mit mehr Soul. Das gefiel Lara. Von diesem Tag an, sang sie leise und nur für sich Jazzmusik. Da wusste sie es: Lara wollte nicht in die Fußstapfen ihrer Eltern treten. Doch das konnte sie ihren Eltern nicht erklären.

So ging sie brav zu ihrem Unterricht, sang in der Oper und war gut. Ja, sie war

großartig! Dabei war sie nicht einmal von der Klassik abgeneigt, doch fehlte ihr etwas. Lara wollte so gerne einmal Jazz singen. Doch es blieb ihr Traum.

Sie sang aber heimlich und es war nur eine Frage der Zeit, bis ihre Eltern es hörten. Mag es Zufall gewesen sein? Die beiden unterbrachen sie nicht, sie hörten ihrer Tochter bis zum Ende zu. Dann ging die Mutter rauf und klopfte an Laras Zimmertür.

Lara hielt die Luft an. Die Mutter kam herein. »Wir hören dir zu. Schon dein ganzes Leben lang«, sprach die Mutter. »Verstecke niemals die Musik, die du liebst. Du musst nicht heimlich singen. Das sollte niemand tun müssen. Musik muss in die Welt getragen werden. Musik ist das, was uns verbindet!«

Über Laras Wangen rollten Tränen. »Danke«, sagte sie, denn eine Last fiel von ihr ab. Dann begann sie erneut zu singen. Und die Mutter stimmte überraschender Weise mit ein. Selbst der Bariton des Vaters drang hoch in Laras Zimmer. Und schließlich sangen sie alle zusammen Laras Jazz. Steine fielen von ihrem Herzen. Von da an war Lara erfüllt.

Manchmal erscheint das, was man bislang getan hat, nicht mehr ausreichend zu sein. Manchmal fehlt der Seele Nahrung und wenn sie sie bekommt, weiß man plötzlich, dass man ohne sie nicht mehr leben kann. So ging es Lara.

Sie sang in der Oper, frei und glücklich und sie sang in Jazzclubs glücklich und frei.

Vielleicht hatte Lara sich nur getäuscht, nicht in die Fußstapfen ihrer Eltern treten zu wollen? Doch was spielte es für eine Rolle? Lara war glücklich. Und wie wichtig das ist, wissen wir alle.

Marlenes Grösster Wunsch

Da war einmal ein kleines Mädchen. Marlene hieß es. Marlene liebte es zu singen. Sie sang immer: wenn sie badete, einen Spaziergang machte oder in ihrem Zimmer spielte. Marlene wünschte sich nichts sehnlicher, als ihrer Mutter vorzusingen. Doch ihre Eltern waren taub.

Sie hatten zwar eine eigene Sprache, doch nichts konnte die Sprache der Musik ersetzen. Und so nahm sich Marlene vor, einmal doch für ihre Mutter zu singen. Sie übte viel dafür. Stundenlang. Immer wieder. Sie wusste, das war es, was sie wollte.

Sie wurde immer besser und besser. Marlene steckte so viel in jedes Wort, das sie sang. So viel Liebe und Schmerz. Doch die Eltern hörten keinen Ton. Das machte Marlene traurig, doch ließ sie sich davon nicht abbringen.

Irgendwann entdeckte man ihr Talent und Marlene gab Konzerte. Ihre Stimme strahlte. Ihre Augen leuchteten. Sie trug bodenlange Roben. Ihre Haare waren hochgesteckt. Ihre Lippen geschminkt. Sie war beliebt und wunderschön. Doch in Marlene klaffte eine Wunde. Würde sie irgendwann für ihre Eltern singen können? Was täte sie nicht dafür!

Marlene wurde erfolgreicher. Bald schon begann ihre Konzertreise über den gesamten Kontinent. Ihre Eltern waren alt und blieben zuhause. Und so war Marlene gezwungen, ohne sie abzureisen.

Sie gab großartige Konzerte, erntete viel Applaus und sang voller Liebe. Doch auf der halben Strecke erreichte sie eine Nachricht. Ihre Mutter. Sie war schwer krank. So wollte Marlene sich umgehend auf die Rückreise machen, doch ihre Mutter schrieb, sie solle bleiben und für sie singen.

Die nächsten Konzerte kamen. Marlene sang traurige Arien und große Opern. Und bei jeder letzten Note dachte sie an ihre Eltern. Sie sang für sie. Sie sang, um sie gesund zu machen. Doch verlor Marlene zwei Tage vor Weihnachten ihre geliebte Mutter.

Marlene stürzte in ein Loch, sagte Konzerte ab und schloss ihr Haus von innen ab, weinte stundenlang. Sie wollte niemanden sehen. Sie hatte ihre Mutter verloren, die nie einen Ton hörte und sie trotzdem unterstützte, weil sie genau wusste, dass Marlene eine fantastische Sängerin war.

Als sie eines Abends traurig in der Stube saß, sah sie ihre Mutter vor sich. Sie lächelte. Sie sah glücklich aus. »Ich höre jetzt jeden Ton, den Du singst! Schmeiße das nicht weg. Die Welt wartet auf dich!«

PHILIPPE UND VIKTORIA

Viktoria hätte glücklicher nicht sein können. Sie war erfolgreiche Komponistin. Man brauchte ihr nur ein Wort, Farbe oder Wochentag zu nennen und sie komponierte die wunderschönsten Stücke. Weltweit lobte man sie.

Verheiratet war sie mit ihrem größten Verehrer: einem Maler aus Italien namens Philippe. Sie ergänzten sich perfekt, denn auch er brauchte bloß einen Ton, ein Wort oder eine kurze Melodie, um die prächtigsten Bilder seiner Zeit zu malen. Sie waren verliebt: gegenseitig, so wie in ihre Kunst.

Eines Mittags erreichte Viktoria und Philippe ein Brief. Es sollte eine Ausstellung geben. Mit Philippes Bildern und Viktorias hinreißender Musik.

So machten sich die beiden fertig für die Reise. Vor der Türe wartete schon der Fahrer in seinem Automobil. Es würde eine lange Strecke werden. Doch konnten Viktoria und Philippe währenddessen an ihre Projekte denken.

Mittlerweile wurde es dunkel. Und sie waren immer noch nicht angekommen. Dann, plötzlich, ein lauter Knall. Alle im Auto wurden nach vorne geworfen. Viktoria schrie. Das Automobil fiel einen Abhang herunter, dann kam es zum Liegen. Viktoria war bewusstlos. Philippe war eingeklemmt. Der Fahrer bewegte sich nicht.

Ein Wanderer kam vorbei, sah den Unfall und kontaktierte einen Rettungsdienst. Im Krankenhaus dann die

Diagnose: Viktoria hatte eine starke Kopfverletzung und Philippe zwei gebrochene Arme. Würde sie sich jemals wieder wunderschöne Melodien ausdenken können? Und würde er jemals wieder großartige Bilder malen?

Als Viktoria und Philippe sich wieder sahen, weinten beide bitterlich. Und als die Ärzte nichts mehr für die beiden tun konnten, fuhren sie zurück in ihr Apartment. Viktoria saß am Klavier – doch nichts. Keine einzige Melodie. Philippe versuchte einen Pinsel zu greifen. Doch dieser fiel ihm jedes Mal zu Boden. Und da standen sie nun. Mit nichts. Ihre Ausstellung hatten beide vergessen. Viktoria schloss sich in ihr Zimmer ein und Philippe ertränkte sich im Alkohol.

Verwandte kamen und versuchten sie zu ermutigen. Zwecklos. Sie brachten Philippe die besten Pinsel, erzählten Viktoria Geschichten, die sie vertonen sollte. Sinnlos. Und so gaben sie die Hoffnung auf.

Das schmerzte Viktoria und Philippe sehr, auch wenn sie es nicht zeigten. Eines Abends klopfte Philippe an die Zimmertüre seiner Frau. Er fragte, ob sie

ihm zeigen möge, wie man die Pinsel hält. Und so gingen sie an die Leinwand und Viktoria führte den Pinsel in der Hand ihres Künstlers. Alsbald konnte er gerade Linien malen. Viktoria sah ihm zu. Und tatsächlich war sie etwas eifersüchtig. Sie würde nie wieder komponieren können. So stand sie auf, ging in ihr Zimmer und schloss hinter sich ab. Sie legte sich auf das Bett und starrte zur Decke. Stundenlang, tagelang...

Philippe hingegen malte. Seine ersten Bilder waren vielleicht wie die ersten Bilder eines Kleinkindes, doch er gab nicht auf. Für ihn kam das nicht in Frage. Philippe wurde von Tag zu Tag besser. Mit jedem neuen Gemälde ging er zu Viktoria und wollte es ihr zeigen, doch sie wies ihn ab.

Bald malte Philippe so wie vor dem Unfall, wenn nicht sogar ein Stück detaillierter. Viktoria hingegen war stets in ihrem Zimmer und starrte an die Wände. Viktoria hatte aufgegeben, Philippe hatte weitergekämpft und das mit Erfolg. Es ist nie zu spät zu lernen.

Ich hoffe, dass Philippe seiner geliebten Viktoria ebenfalls die richtige Pinselführung für ihre Musik zeigt, denn die Musik schlummert in ihr. Das ist gewiss.

Komm Pedro!

Pedro war abgemagert und kleingewachsen. Sein Vater kämpfte an der Front und seine Mutter war schwer krank. Jemand anderen hatte er nicht. Nicht einmal Hoffnung hatte er.

So kam der Tag als seine Mutter verstarb. Sie schlief friedlich ein, die Schmerzmittel machten es ihr erträglicher. Pedros Vater aber war wütend. Ja, er war wütend – auf Pedro. Er sollte doch auf seine Mutter aufpassen und rechtzeitig einen Mediziner holen.

Und so sagte der Vater: »Wenn ich zurückkehre, möchte ich dich nicht mehr sehen. Verschwinde!«

Pedro verstand die Welt nicht mehr. Wo sollte er hin? Er packte seine Sachen und zog los. Er lief und lief, wanderte und wanderte. Bald waren seine Vorräte aufgebraucht. Er stand da mit nichts. Ihm war kalt und der Hunger nagte an ihm. Nochmal: Wo sollte er hin?

Nach Tagen sah er eine Hütte oben auf einem hohen Berge. Pedro erklomm ihn, nahm seinen Mut zusammen und klopfte an die Türe. Eine alte Frau öffnete sie einen Spalt weit. Als sie Pedro erkannte, schwang die Pforte auf. »Pedro, ich habe gehofft, du würdest kommen!« Verdutzt sah Pedro sie an. Die Frau war ihm plötzlich nicht mehr geheuer. Und so bewegte er sich nicht vom Fleck. Die alte Frau ging ins Haus und kam mit einer alten Flöte zurück. »Hier Pedro. Nimm diese Flöte. Es mag kein Goldschatz sein, doch es ist ein Reichtum. Du wirst auf dieser Flöte spielen und die Musik lässt dich nicht im Stich. Nun geh deinen Weg.«

Pedro nahm die Flöte zögernd entgegen. Er schaute sie an. Sie war aus einem Stück Bambus gefertigt. Jemand hatte ihn geschliffen und geölt. Die Flöte gefiel ihm. Er drehte sich nochmal um, doch die alte Frau war schon in ihrer Hütte verschwunden.

Pedro spielte unten am Flusse die ersten Töne. Eine Waschfrau hörte ihn. Sie lauschte dem Spiel und als der letzte Ton verklang, ging sie zu dem Jungen. »Komm Pedro, du siehst ganz hungrig und durstig aus. Komm mit mir.« Und sie gingen. An diesem Abend aß Pedro einen Brei und er bekam einen Tee. Und am anderen Morgen machte er sich wieder auf die Reise.

Er war traurig. Er hatte seine Mutter verloren und nur, weil er nicht richtig aufgepasst hatte. Es war seine Schuld.

Er hatte es verdient, fortgehen zu müssen. Traurig spielte er auf seiner Flöte, melancholische Weisen, voller Verzweiflung. Er spielte und spielte, bis es dunkel wurde, und ihm kalt wurde. Müde war er auch.

Da kam der Bäcker vorbei und lauschte seinem Spiel und als der letzte Ton verklang, ging er zu dem Jungen. »Komm Pedro, du siehst ganz müde aus. Komm mit mir.« Dankbar ging Pedro mit. Am nächsten Morgen machte er sich wieder auf die Reise.

Was hätte er denn tun sollen? Er hätte es sehen müssen. Er hätte seiner Mutter helfen müssen. Sein Vater hatte recht. Er war ein Nichtsnutz.

So wanderte er wochenlang dahin. Er spielte auf seiner Flöte und immer wieder luden ihn die Menschen zu Speis und Trank ein und gaben ihm ein Dach überm Kopf. So ging es eine Weile.

Doch irgendwann erreichte ihn die Nachricht: Sein Vater war gefallen. Pedro sackte zusammen. Nun hatte er es zugelassen, dass auch sein Vater verstarb. Pedro ging nicht nach Hause. Nein, er ging zu dem Grabe seiner Eltern und spielte auf seiner Flöte und dann vergrub er sie eben dort. Die Musik war alles, was er ihnen geben konnte. Zuletzt zog er endgültig davon und kehrte nie wieder zurück.

Bis heute denkt Pedro, er habe Schuld am Tode von Mutter und Vater. Wir aber wissen alle: Er konnte nichts dafür. Pedro trug eine Last, die man einem Kind nicht geben darf. Ein Wort hätte genügt.

Malea und die Geige

Malea war gerade einmal sieben Jahre alt. Und ihre Familie sehr arm. Ihre Eltern mühten sich den ganzen Tag für nichts und wieder nichts.

Eines Tages erwartete man in der Stadt eine Geigerin, die für die Adligen ein Konzert geben würde. Für diesen Tag suchte man arme Kinder, die während der Aufführung Getränke und Gebäck verteilen sollten. Der Tag kam und ihre Mutter zog Malea ihr schönstes Kleid an und flocht ihr zwei lange Zöpfe.

Doch Malea durfte keine Speisen verteilen. Ihre Arbeit war es, vor dem

Saal zu sitzen und Schuhe zu putzen. Die Geigerin aber stand auf der Bühne.

Malea hörte dennoch jeden Ton. Die Höhen der Violine ließen sie erschaudern und die wunderschönen Tiefen verpassten ihr eine Gänsehaut. »Ich möchte das spielen!«, sagte Malea zu der Empfangsdame. Diese schnaubte lediglich. Der letzte Ton ging Malea tief ins Mark. Sie hatte noch nie etwas Schöneres gehört. Da stand für sie fest: Sie wollte Geige spielen lernen! Wieder zuhause erzählte sie ihren Eltern von dem Wunsch. Der Vater seufzte. »Das können wir nicht bezahlen!« Traurig blickte Malea zu Boden.

Doch der Vater war Tischler. Eine kleine Geige würde er wohl gebaut kriegen. Und Malea übte Tag und Nacht. Bald fand sie sich auf dem Instrument zurecht. Sie spielte erste Stücke, und niemand hörte ihr zu.

Mit neun Jahren war sie bereits eine Virtuosin, doch stand sie nur am Straßenrand und sammelte Münzen für ihre Familie – bis ein Bote des Königs ihren Klängen lauschte. Als der König davon erfuhr, lud er die kleine Malea zu sich ein. Fehlerfrei spielte sie Tschaikowski und Rachmaninow. Der König staunte nicht schlecht. Doch was würde sein Volk sagen, wenn er solch ein Bettelkind auftreten ließ? Er schickte das Mädchen zurück nach Hause. Seit diesem Tage rührte Malea ihre Geige nicht mehr an und sprach auch kein Wort mehr zu niemandem.

Den König aber plagte ein schlechtes Gewissen. Immer wieder musste er an die sanften Töne denken, die Malea ihm zuliebe gespielt hatte. Das flehende Vibrato: voller Gefühl. Und er hatte sie weggeschickt! Dabei hatte sie ein so großes Talent. In dieser Weise dachte der König wochenlang nach, bis er es nicht mehr aushielt.

Er setzte sich auf sein Pferd und ritt höchstselbst ins Dorf. Dort sprach man bereits von einem seltsamen Kinde, das nicht redete, von einem Kinde, das immer traurig war. Und alsbald verstand der König, dass sein Volk von Malea sprach, und er wusste, dass es sein »Verdienst« war. Er hatte das Kind verstummen lassen.

Er ritt durch das Dorf, fand ihre Hütte und klopfte an, doch niemand öffnete. Da sah der König Malea davonlaufen. Er rief ihren Namen: »Malea!« Doch sie rannte schnell und schließlich war sie nicht mehr zu sehen. Von Schuldgefühlen geplagt ritt er zurück ins Schloss. Was sollte er tun?

Der Winter kam und der alte König wurde immer schwächer. Würde er Malea in seinem Leben noch einmal spielen hören? Er ließ ihr Geschenke schicken: Gold, Seide, Essen. Doch nichts, keine Antwort. Sie rührte ihre Geige nicht mehr an.

Zuletzt kam ihm eine Idee. Der König nahm eine Rolle Pergament und schrieb einen Brief – an jene Geigerin, die damals das Konzert gespielt hatte. Sie willigte ein zu kommen, und schon bald war der Tag einer neuerlichen Aufführung. Malea war wieder schick gekleidet, die Haare zu einem Knoten gesteckt und ihr Kleid war so blau wie der Himmel. Diesmal durfte sie im Saal sein. Der König beobachtete sie während des gesamten Konzertes.

Die Geigerin spielte um ihr Leben, hin zum Crescendo, die pianissimo Stellen voller Gefühl. Das hatte Malea so noch nicht erlebt. Der König sah, wie Tränen ihr Gesicht überströmten. Sie musste leise schluchzen. Und am Ende sah er es: Malea lächelte!

Als sie aus dem Saal kam, ging das Mädchen auf den König zu und nickte. Sie hatte verstanden. Und er nahm ihre Hand und hielt ihr die Violine hin. »Spielst du noch einmal für mich?«, fragte er. Zögernd betrachtete sie das Instrument und musste schließlich lächeln. Sie spielte voller Sehnsucht und Verlangen, voller Liebe und Schmerz, ganz tief aus ihrer Seele heraus. Als hätte sie nie aufgehört. Die letzte Note verklang und all der Ballast fiel von ihr ab. Sie schaute den König an, der mit tränenüberströmten Gesicht vor ihr stand und zitternd sprach: »Danke.«

Über Sarina Schröder

Es gibt zwei wichtige Dinge in ihrem Leben, die Sarina Schröder schon lange mehr als begeistern: Musik und Geschichten.

Mit drei Jahren begann sie, Geige zu spielen, und mit sieben Jahren verliebte sie sich ins Klavier. So begann ihre Reise, denn mit der Zeit verließ sie die Geige und das Cello kam. Zusätzlich fand sie die Gitarre und begann zu singen. Doch zwischen dem Klavier und ihr blieb eine besondere und innige Freundschaft.

Durch ihre Musik lernte Sarina Schröder viel über das Leben; nicht nur, was *forte* oder *piano* bedeutet. Denn die

Musik hat Antworten auf alle Fragen des Lebens und vielleicht lehrt sie auch Dich.

Das Schreiben begleitet sie schon seit Langem: Tagebücher, Briefe, Geschichten, eigene Kompositionen und nun dieses Buch, dessen Geschichten direkt aus ihrem Herzen kommen.

Auf ihrem Blog schreibt Sarina Schröder über Literatur.

www.readingwithrose.de

Ebenfalls in der Westentasche erschienen:

Feine Beobachtungen aus dem zwischenmenschlichen Paaralltag: leise, lakonisch, zuweilen derb.

Eike Kathrin Asen
Knopf ohne Knopfloch.
Geschichten und Gedichte
120 Seiten, 10,8 x 17 cm
Der Westentaschenerzähler, Band 3
ISBN 978-3-947831-24-1
9,90 €

Alt-Berliner Sagen neu erzählt: mit Romance entlang des Fantasy-Genres neu interpretiert.

Kati Pfau
Nebel überm Müggelsee.
Sechs Alt-Berliner
Sagen neu erzählt
240 Seiten, 10,8 x 17 cm
Der Westentaschenerzähler, Band 5
ISBN 978-3-947831-25-8
12,90 €